Vers und Vision an der DISD

IMPRESSUM

1. Auflage, 2025

Verlag Akademie-der-Abenteuer
Boris Pfeiffer, Pfalzburger Straße 10, 10719 Berlin
www.verlag-akademie-der-abenteuer.de

Cover: Verlag Akademie-der-Abenteuer unter Verwendung
von Illustrationen der Autorinnen und Autoren, 2024

Satz und Covergestaltung Michèle Meister unter Verwendung eines
Bildes der Deutschen Internationalen Schule Dubai
Gedruckt und gebunden von BoD GmbH, Norderstedt
ISBN 978-3-98530-158-4
Printed in Germany

Bibliografische Information der Deutschen Nationalbibliothek:
Die Deutsche Nationalbibliothek verzeichnet diese Publikation in der
Deutschen Nationalbibliographie; detaillierte bibliografische Daten sind
Im Internet über http://dnb.d-nb.de abrufbar.

Vers und Vision an der DISD
Poetisch künstlerischer Schmelzstoff

Gedichte und Grafiken
der Schülerinnen und Schüler
der Deutschen Internationalen Schule Dubai

German International School Dubai
Deutsche Internationale Schule Dubai

Verlag der Akademie Abenteuer

VORWORT

Dieser Gedichtband ist das Ergebnis eines kreativen Lyrikworkshops, der 2024 mit dem renommierten Autor der Drei ???, Boris Pfeiffer, stattfand. Im Workshop inspirierte Boris Pfeiffer die Schüler*innen dazu, eigene Gedichte und Bilder zu schaffen. Dabei teilte er mit ihnen, wie er selbst zum Gedichteschreiben fand: „Es begann alles in der Vorweihnachtszeit, als meine Mutter köstliche Plätzchen gebacken hatte“, erzählte er.

Boris Pfeiffer kam an jenem Tag nach Hause und der Duft von Vanillekipferl, Lebkuchen und frisch gebackenen Plätzchen lag in der Luft. In der Küche entdeckte er einen Teller mit den Leckereien und aß sie alle auf. Als sein Vater nach Hause kam und ebenfalls den verführerischen Duft in der Luft wahrnahm, griff er zum Plätzchenteller – doch da war nichts mehr. Alle Plätzchen waren längst verschwunden, und Boris‘ Vater, enttäuscht und verärgert, schickte ihn ohne Zögern ins Zimmer und verhängte Hausarrest.

Doch genau an diesem Tag hatte Boris eine Hausaufgabe: Er sollte ein Gedicht schreiben. Aus Trotz gegenüber seinem Vater verfasste er ein Gedicht, in dem er beschrieb, wie er seinen Vater „verprügelt“ hatte. Als er ihm das Gedicht vortrug, hob sein Vater die Strafe auf – und von diesem Moment an wusste Boris, dass er mit seinen Gedichten etwas bewirken konnte. Für ihn wurde das Gedichteschreiben zu einem Akt der Befreiung und des Widerstands gegen die Autorität seines Vaters, ein revolutionärer Moment, in dem er seine eigene Stimme fand.

Für Boris Pfeiffer sind Gedichte „das Wichtigste". „Die Gedichtform ist eine der ältesten und bedeutendsten Formen der Literatur", betont er, und für ihn bedeutet „dichten", wie es der Panther in Rilkes bekanntem Gedicht tut, „zu existieren".

Im Workshop ermutigte Boris Pfeiffer die Schüler*innen der 8. und 9. Klassen, ihre eigenen Gedichte zu schreiben und sie in seinem Verlag zu veröffentlichen. Zur Inspiration stellte er seine eigenen Gedichtbände *Nicht aus Adams Rippe: Gravitationen 1* und *Mitten im Leben: Gravitationen 2* vor, in denen er seine Poesie zusammen mit den Illustrationen von Michèle Meister präsentierte. Zu jedem Gedicht gibt es eine bildliche Interpretation.

In Anlehnung an diese Werke hatten die Schülerinnen die Freiheit, Gedichte und Illustrationen zu schaffen, die sie persönlich berührten und inspirierten. Die Themen waren völlig offen, und die Schüler konnten ihre Werke auch in Gruppenarbeit gestalten, sodass jeder mit seinen kreativen Fähigkeiten zum Gesamtwerk beitrug. Gedichte durften auch in anderen Sprachen geschrieben werden, mit einer sinngemäßen deutschen Übersetzung – eine wunderbare Möglichkeit, das internationale Flair der Deutschen Internationalen Schule in Dubai zu reflektieren. Denn obwohl die Schülerinnen aus vielen verschiedenen Ländern stammen, verbindet sie die deutsche Sprache als gemeinsames Merkmal in der Ferne.

Die Illustrationen und das Buchcover entstanden unter der kunstpädagogischen Leitung von Frau Dr. phil. Barbara Mayrhofer-Diaw. Einige Bilder sind bewusst das Ergebnis eines experimentellen Kunstprojekts, bei dem mit Hilfe der künstlichen Intelligenz Gedichte verbildlicht werden sollten. Diese Bilder wurden als KI gestützte Bilder vermerkt Die Redaktion des Gedichtbands lag in den Händen von Boris Pfeiffer, unterstützt von der Marketingleitung von Frau Corinna Rösner. Ein besonderer Dank gilt auch den Lehrkräften der Klassen, die dieses Projekt tatkräftig unterstützten: Frau Laura Manz, Frau Heike Prince-Smith, Viktoria Opetnik, Jessica Keck, Stefanie Kerschbaumer, Sitem Kolburan, Laura Manz, Jessica Keck und Herrn Zeljko Babic. Ohne ihren Einsatz wäre dieses Projekt nicht möglich gewesen.

Doch der größte Dank gebührt den Schüler*innen, die sich mit voller Hingabe in das Projekt eingebracht haben und sich von ihrer kreativsten Seite zeigten. Sie sind es, die diesen Gedichtband zu einem ganz besonderen Werk gemacht haben.

7a Sebastian Krampl
8a, Adrian Felix Feuring
8a, Aris Khaliel
8a, Aya Ragab
8a, Coral Feuring
8a, Daniel Linshalm
8a, David Kaiser
8a, Emilio Erkol
8a, Fatima Khan
8a, Grace Coco Byron
8a, Kenzy und Ahmed
8a, Liam Nasri
8a, Nojood Hammoud
8a, Nejma Hammoud
8a, Omar Khan
8a, Pepe Sievert
8a, Ysé Stevens
8a, Zayed Al-Amoudi
8c, Benjamin Sam
8c, Emily Hanna
8c, Jonas Kondruß
8c, Lasse Matt
8c, Maram Mahmoudi
8c, Ryaan Qidan
8c, Zaynab Said
9a, Alexander Sonnenberg
9a, Annabell Keiderling
9a, Matej Babic
9a, Thor Hansske
9b, Farid Elgharib
9b, Laiba Hussain
9b, Petar Voloder
9b, Sarah Noah
9b, Zena Hassan
9c, Annika Menden
10b, Amina El Shafei
10b, Aylin Iman Sarikaya
10b, Ela Nur Sarikaya
11a, Annika Mehl
11a, Nathalie Beising
11b, Julie Lake
11a, Deborah Linden

Vielen Dank an alle Mitwirkenden für die hervorragende Unterstützung!

Es war, in Anbetracht der zusätzlichen vier Stunden Arabischunterricht und verpflichtendem Moralunterricht (sechs Schulstunden mehr pro Woche als in Deutschland), eine enorme Leistung der mitwirkenden Schülerinnen und

Schüler noch zusätzlich Zeit für ein Gedicht und ein passendes Bild zu finden. Die DISD Schüler*innen haben es aber alle gemeinsam geschafft.

Das ein oder andere Gedicht ist kurz, futuristisch und sagt doch mehr als tausend Worte. Einige Gedichte sind lang und philosophisch. Manche Gedichte enstammen aus einem weiteren Projekt, einem Poetryslam der 10. Klasse. Wir haben auch diese hinzugefügt weil sie großartig sind, Aufmerksamkeit verdienen und in das Poesieprojekt der Schule passen. Die Schüler*innen der DISD leisten sehr viel. Einige Gedichte sind sehr kreativ und haben sich über mehrere Stunden und Tage diesem Thema zugewandt, weil sie das Projekt sehr ernst nahmen und einen sehr hohen Anspruch an sich selbst stellten.

Die interkulturelle Vielfalt aus sehr engagierten Schüler*innen, deren Muttersprache Deutsch ist und denen, die eine andere Herkunft haben und deren Muttersprache Arabisch, Englisch, Türkisch, Kurdisch, Bosnisch, Serbisch, Kroatisch, Japanisch, Chinesisch, Ukrainisch, Russisch, Ungarisch, Finnisch, Spanisch, Italienisch, Portugisisch, Französisch ist, zeigt sich uns in diesem Band als ein Bild, auf dem ein Meer von Weltbürgern, die ihre Segel gesetzt haben und die mit ihren fabelhaften, komischen, faszinierenden und doch so unterschiedlichen Gedanken in ihren Gedichten aus kulturell verschiedenen Perspektiven an uns vorbeiziehen!

Lidija Babic

My City

Nojood & Fatima

My City's where flavors take flight
A saucy journey oh what a sight
Crispy wings dressed up so fine
Tossed in sauces divine by design

Lemon pepperspicy, Korean Q,
Mango habanero, just to name a few
Each bite a crunch a savory pop
In the realm of wings they reign on top

Garlic Parmesan a creamy twist
Can't resist the flavor can't resist the mist
From classic to boneless in Mississippi
That's the joy of a meal at my City

Meine Stadt

In dem Gedicht geht es um die Vielfalt an Aromen und Geschmacksrichtungen in einer Stadt, die auf eine geschmackvolle Reise mitnimmt. Knusprige Flügel, die mit köstlichen Saucen verfeinert sind, werden in Zitronenpfeffer, würzigem koreanischem Q, Mango-Habanero und anderen Saucen angeboten.

Unsere Schule

Farid Elgharib

In der Wüste, heiß und weit
Steht eine Schule, klein und für jedes Hindernis bereit
Wenn es stark regnet, bleibt die Schule noch stehen
Und der Unterricht wird fortgesetzt

Sand statt Gras um sie herum
Jeden Morgen stehen die Schüler stumm
Spontan hören sie sich die Nationalhymne an

Kamele sind auf dem Pausenhof willkommen
Sie stehen da und werden von den Schülern gestreichelt
Neugierig warten die Schüler im Foyer
Diese Schule nennt sich die DISD

Hoffentlich

Maram

Wieso haben manche Leute so viele Ideen, während einige gar keine haben? Sie sollten fair aufgeteilt werden, sonst ist es unfair
Jemand, hilf mir!
Kann mir jemand helfen?!
Kann mir jemand bitte helfen???
Kann mir jemand bitte bitte helfen???!
Wieso fällt mir nichts ein?
Wieso fällt mir nichts ein??
Ich lese gefühlt jeden Tag. Mir solle etwas einfallen! Wo sind meine Ideen!?!
Wieso fällt mir nichts ein?!?!

Ich weiß es nicht

Omar Khan

Ich weiß es nicht, das ist klar
Doch das Leben ist immer noch sonderbar
Frei zu sein, das ist schön
Aber Gedanken beinhalten immer Böen

Das Leben ist schwer und unerwartet
Aber ich habe alles abgewartet
Nach dem ganzen Kämpfen und Blut
Ist die Ruhe immer gut

Obwohl Menschen kommen und gehen
Sollte man immer noch auf seinen Beinen stehen
Alle Probleme ein zu stecken
Das hält dich ewig ab zu verrecken

Die Schönheit der Natur

Daniel, Liam, Emilio & David

Im Wald, so still und leise,
versteckt sich manch ein Tier auf seine Weise.
Bäume rauschen und Blätter wehen,
ein Ort, um zur Ruh zu gehen.

Die Sonne strahlt am Himmelszelt so hell,
die Bäume rauschen leis, ein schönes Spiel,
die Wiesen leuchten gold im Sonnenfell,
ein Tag voll Glanz, erfüllt die Atmosphäre so viel.

Von Gletschern gekrönt, von Nebel umhüllt,
die Bergeswelt, so still und erfüllt.
In jedem Fels, in jedem Schnee,
tiefgefrohren ist der Bergsee.

Da ist ein Vogel.
Er sitzt auf dem Ast.
Er ist ein Mogel
und wird nicht erfasst.

5:05
LIVE
Folge ich
Für dich
44.260
169
3188
1490
Foto
gio || Raising cane's
BESTES ESSEN?
#Raising canes#Ramadan...mehr
HOME
Freunde
13
Posteingang
Profil

Reysing Kanes

Zaynab Said

Reysing Kanes auf Social Media gesehen
Im Ramadan ich will gleich hin gehen.
Mit Layan hin, Chicken essen,
Pommes, Sauce
will ich nicht verpassen.

Doch der Laden in Sports City ist zu
Das ist echt blöd
das macht mich nicht froh.

Experimenteller Versuch einen poetischen Titel durch Künstliche Intelligenz zu verbildlichen.

Verwendung der Politik

Jonas

Politik ist ein Genuss,
den man verwenden muss. Verwendet man sie schlecht,
ach was für ein Pech
Krieg entsteht
und das Leb des Menschen vergeht. Verwendet man sie gut,
so entkommt man dieser Flut.
Der Mensch gedeiht
und der Krieg ist weit.

Korn

Sebastian Krampl

Leere Seite

Aylin Iman Sarikaya

Leer, alles leer, schneeweiß.
Wie ein Zebra ohne schwarzen Streifen,
ein Klavier ohne schwarzen Tasten.
Wie ein Schachbrett ohne schwarzen Feldern.
Ein leeres Buch.

Keine Worte, keine Punkte, keine Satzzeichen reichen ihre Arme meinem Blatt aus.
Kein Wortfeld, dass festhält.
Kein Thema, kein Motiv, dass tief ist.

Die Stiftspitze in der Luft,
Magnetfeld zwischen Blatt und Stift:
nicht existent

Auch wenn mein Stift schreiben würde,
wär' die Schrift nicht blau oder schwarz oder sogar pink,
sondern schneeweiß, wie mein Blatt:
nicht existent.

www.reimsuche.de
hilft nicht.
Inspo fehlt.
Nicht 'mal Pinterest hilft.
ChatGPT ist verlockend,
die Kreativität erzwungen.
Leere Ideen,
nichts verstehen.

Zeitstress, mein Gehirn ist gepresst.
Sekunden, Minuten vergehen:

Tick, Tack, Tick, Tack...

10:20 Uhr.
10:21 Uhr.
10:22 Uhr.

Sekundenzeiger,
Minutenzeiger,
Stundenzeiger
mit mir im Wettlauf.

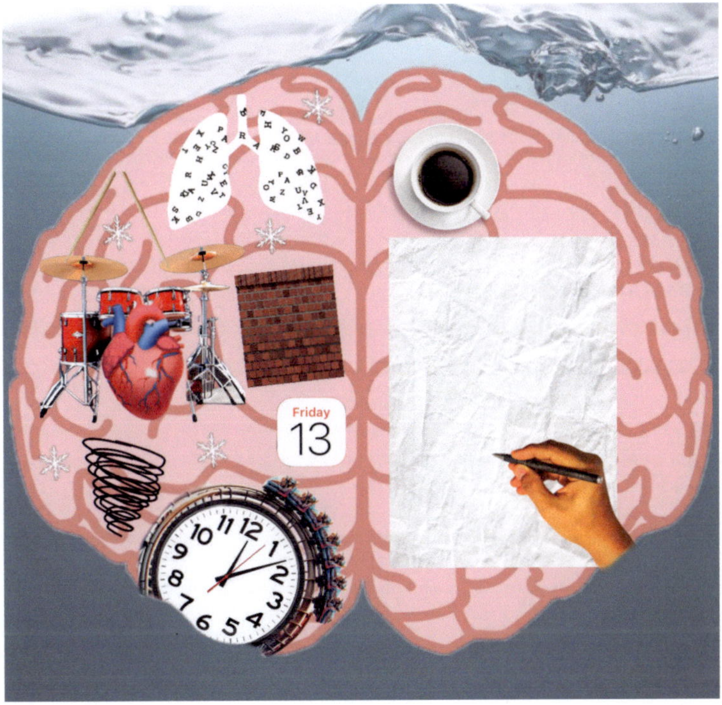

Schreibblockade: wie ein Fisch im Netz gefangen, lässt die Worte nicht frei schwimmen.

Ich sehe nur schneeweiß.
Oh, da! Eine Farbe! Braun!
Wie mein Kaffee,
in dem ich ertrinke.
Die Tasse, eine feste Mauer
zwischen mir und der Phantasiewelt.
Kein Zugang. Fest abblockiert.
Mein Kaffee ist schon kalt, eiskalt.
Ideen…
Früher waren's so viele.
Jetzt so wenige.
Drei Stunden Schlaf.
Zwei Gehirnhälften nicht scharf.

Schreibblockade, hab' doch Gnade!

Was soll ich schreiben?
Was soll ich schreiben?
Was soll ich schreiben?

Ich schaue in die Luft.
Oh, die Wand, so interessant!
Schneeweiß,
wie mein Blatt:
immer noch leer.

Die Synonyme für kreativ:
einfallsreich, fantasiereich, ideenreich, fantasievoll
lachen mich laut aus.

Die Sprache, ein Spiel ohne Spielanleitung.
Die Sprache, eine Straße ohne Verkehrsschilder.
Meine Gedanken, verloren.

Wie schreibe ich?
Was schreibe ich?
Mir fällt nichts ein,
mit einem Kopf so leer.

Meine Gedanken sind auf einer Achterbahn.
Im Looping, gefangen.
Immer wieder, und immer wieder im Kreis.
360°
einmal, zweimal, dreimal...
Kein Ausgang, nichts Neues.
Immer wieder im Kreis, kreisen meine Gedanken.
Hinter mir sitzt die Note 6, und vor mir der Zeitstress.

Die Deadline: Freitag, der 13.
Denn ich hab' keinen Plan B,
keine weitere Idee.
Die Kreativität, erzwungen.

Schreibblockade: wie ein Damm um meine Seele, lässt die Worte nicht frei fließen.

Alle Buchstaben, A-Z, füllen meine Lungen.
Keine Luft, kein Atem.
Die Panik spielt auf meinem Herz Schlagzeug,
ein schneller, lauter Rhythmus:

Bum, Bum, Bum, Bumm...

Leere Seite.
Schneeweiß.
Hilfe...
Ich ertrinke
im Meer aus Tinte.

In der Zeit zurückgehen

Annika Menden

Ich möchte in der Zeit zurückgehen
Mehr Sachen ausprobieren und machen
Mein Leben erneut Leben
Mehr Spaß haben und lachen

Zeit mit meiner Familie verbringen
Jede Erinnerung speichern und nie vergessen
Mit meinen Schwestern für meine Oma singen
Mehr von Opas Marmelade essen

Fleißiger arbeiten und lernen
Jede Menge Mangas lesen
Laufen mit meinen Freunden und unseren Laternen
Spaß in der Schule haben

Leben wieder genießen zu können
Wir klettern auf die Bäume
Uns alles wieder gönnen
Zurück zur Zeit der Träume

Monoton, monoton

Ela Nur Sarikaya

Alle ein Klon,
alle keine Sensation,
alle keine Innovation,
alle eine Irritation,
alle keine Faszination,
alle keine Kommunikation,
alle keine Funktion,
alle keine Passion,
alle keine Motivation,
alle keine Vision,
alle keine Destination,
alle nur am Telefon,
alle nur aus Silikon,
alle keine Emotion,
alle keine Aktion,
alle keine Option,
alle keine Identifikation,
alle eine Konfusion,
alle nur ein Elektron, ein Proton, ein Neutron.
Alle monoton, monoton.

Alles nur für den Arbeitslohn,
alles für die Essensportion,
alles nur für die Million,
alles nur für den Thron,
alles für die Tochter, den Sohn,
alles für die Pension,
alles für die Lebensmission,

alles für die Lebensobligation,
alles für die Integration,
alles eine Fiktion,
alles eine Korruption,
alles eine Simulation,
alles eine Illusion.
Alles monoton, monoton.

Alles für das Wohlsein? Alles für das Leben?

60 Sekunden.
60 Minuten.
24 Stunden.
365 Tage.
Die Zeit: monoton.

Alles monoton, monoton.
Das Leben monoton.

Alles für das Wohlsein? Alles für das Leben?

60 Sekunden.
60 Minuten.
24 Stunden.
365 Tage.
Die Zeit: monoton.

Alles monoton, monoton.
Das Leben monoton.

Olive tree

Kenzy, Nejma , Coral

grenades exploding in the wind.
mothers screaming over their children.
fathers crying over the loss.
of their once home country being bombed.

a country once full of life.
now destroyed homes and hostile cries.
people please show empathy.
as for innocent people beg for sympathy.

children screaming to their siblings.
„we have nowhere we have nothing"
everything is crumbling.
life is sucked out of the land of the olive tree.

and you say that these lives don't matter.
as you watch the hope of children shatter.
just know nothing will be better.
you will become a forgetter.
genocide.

Olivenbaum

In dem Gedicht geht es um den Krieg und Verluste, sowie darüber, dass man alles verliert und nichts mehr hat. Das Land, in dem man einst gelebt hat, nicht mehr das ist, was es davor war.

Oh Palästina, Oh Palästina, Oh Palästina

Zena Hassan & Sarah Noah

Ein Land umhüllt von Träumen, Geschichte und Pracht
Wo man mit einem Lächeln am Morgen erwacht
Olivenbäume wohin man geht
Oh Palästina, ist es nun zu spät?

Krieg, der Zerstörer aller Leben,
Gott sende den Betroffenen unseren Segen.
Trotz des Leidens, der Tränen, wirst du gedeihen
Oh Palästina, vor Angst deine Kinder schreien

Nach all den Schmerzen,
Trotz gebrochener Herzen,
Die Namen werden gehört,
Oh Palästina, nie wieder werdet ihr zerstört

Der Olivenbaum blüht nicht als Einziger,
Diese Erfahrungen, doch schmerzhaft, machen euch stärker
Aus dem Geschrei wird ein Lachen,
Oh Palästina, wieder werdet ihr glücklich erwachen

Die Monster unter uns

Emily Hanna

Als wir jünger waren, wurden Monster als schleimige, haarige, große und ekelhafte Kreaturen beschrieben. Aber in der Realität sehen sie ganz anders aus, als in den den Geschichten die uns vorgelesen wurden. Sie haben unsere Haut, Haare, Kleidung und sogar unsere Augen. Sie leben unter uns, sprechen und interagieren mit uns. Am Ende der Geschichte wurden sie bestraft oder haben ihr Lektion gelernt. In Wirklichkeit lernen die meisten von ihnen nicht, sie würden es wieder und wieder tun.

Dennoch können wir die Taten des Schurken in jeder Geschichte nachvollziehen, da wir vielleicht dasselbe getan

Nirgendwo richtig zuhause fühlen aber wo gehören wir hin ?

Madeleine Smiljanec

Egal wie viele Orte ich zuhause nenne:
Bremen, Hromec, Wendtorf, Hannover oder Dubai
keiner von denen ist das wirkliche Zuhause

Im endlosen Fluss des Lebens, auf der Suche nach einem Zuhause,
Schwebe ich zwischen den Welten, verloren und doch vertraut.
In fremden Städten und weiten Ländern, finde ich keine Ruhe
Mein Herz schlägt für das Unbekannte, für das Neue

Zwischen den Zeilen der Karten, die mein Schicksal bestimmen,
Suche ich nach einem Ort, der mich heimisch lässt erblühen.
Doch nirgendwo finde ich wirklich das, wonach ich strebe,
Mein Zuhause ist die Reise, das Unterwegssein im Leben.

Vielleicht bin ich nicht gebunden an ein festes Haus,
Denn in der Freiheit des Wanderns, finde ich mein wahres
Zuhause.

Immer auf der Suche nach einem Platz zum Verweilen,
Doch keiner fühlt sich an wie das wahre Heim.
In den Straßen der Städte und unter fremdem Himmelszelt,
Suche ich nach einem Ort, der mein Herz heilt

In den Augen der Fremden und im Lachen der Bekannten,
Suche ich nach einem Anker, der mich hält, der mich verbannt.
Vielleicht ist mein Zuhause nicht an einem festen Ort zu
finden,
Sondern in der Freiheit des Lebens, die mich hält
Vielleicht kommt irgendwann das richtige Zuhause für mich,
was ich auch so betiteln kann

Nirgendwo zuhause fühlen

Leeres Land

Laiba Hussain

Ist das Land wichtiger als der Mensch?
Essen auf dem Tisch, gut gekleidet
Warum tust du so, als ob dein Volk leidet?

Kleine Kinder weinen
Tief verborgen unter Schutt und Asch'
Warum nur so viel Hass?

Doch das Blut klebt an deinen Händen
Ob du's willst oder nicht
Und du glaubst du tust das Richtige
Doch es geht nur um dich

Dann geh und regier ein leeres Land
Bezahl für deine Schand
Sie werden sich nicht still richten
Und Gott von dir berichten

Das große Land
Ohne Mensch, ohne Seele
Doch um welchen Preis?

Eine Mutter und ein Kind
Entkommen dieser Schind
Suchend nach Schutz und Behütung
Der Süden bietet gute Geltung

Der Vater muss bleiben und leiden
Aber er ist froh
Denn seine Lieben scheinen verschont
Doch nicht für lang

Denn bald wird der Himmel erhellt mit Funken
Und schon sind auch Mutter und Kind für immer verschwunden.

Journey Within

Almina El Safei

Life is a journey, a winding road
Filled with highs and lows, stories untold
We climb the peaks, bask in the sun
But also face valleys, where shadows run

The highs are like fireworks, bright and bold
Moments of joy, memories to hold
Laughter, love, and dreams come true
Life's beauty shining through

But then come the lows, like stormy seas
Challenges and struggles, testing our beliefs
Heartbreak, loss, and pain so deep
Leaving scars that are hard to keep

Yet through it all, we learn and grow
From every experience, we find the flow
Strength and resilience, forged in fire
Guiding us through life's every desire

So embrace the highs, and weather the lows
For life is a journey, where everything flows
The experiences we have, the lessons we learn
Shape who we are, at every turn.

Reise in sich selbst

Das Leben ist eine Reise, ein kurvenreicher Weg
Gefüllt mit Höhen und Tiefen, unerzählten Geschichten
Wir erklimmen die Gipfel, genießen die Sonne
Aber stehen auch vor Tälern, in denen Schatten laufen
Die Höhen sind wie Feuerwerke, hell und mutig Momente
der Freude, Erinnerungen zum Festhalten Lachen, Liebe
und Träume, die wahr werden
Die Schönheit des Lebens strahlt durch
Dann kommen die Tiefen, wie stürmische Meere Heraus-
forderungen und Kämpfe, die unseren Glauben testen
Herzschmerz, Verlust und Schmerz so tief
Hinterlassen Narben, die schwer zu behalten sind
Doch durch alles hindurch lernen und wachsen wir
Aus jeder Erfahrung finden wir den Fluss
Stärke und Widerstandsfähigkeit, geschmiedet im Feuer
Die uns durch jedes Verlangen des Lebens führen
Also umarme die Höhen und überstehe die Tiefen
Denn das Leben ist eine Reise, in der alles fließt
Die Erfahrungen, die wir machen, die Lehren, die wir ler-
nen Formen, wer wir sind, bei jeder Wendung.

Experimenteller Versuch einen poetischen Titel durch Künstliche Intelligenz zu verbildlichen.

Gaza

Rayan El Sabri

Wo Frieden fern und Kampf alltäglich,
Wo Kinder hungern und verzweifeln,
Ein Ort gebrochen, von Unruhe erfüllt.

Die stille Nacht bringt keine Ruhe,
Nur Angst und Schmerz umgeben die Menschen,
Die Sehnsucht nach Frieden so groß,
Doch unerreichbar scheint das Licht.

Im Kampf ums Überleben
Die Herzen schwer, die Hoffnung schwach,
Doch irgendwo in der Dunkelheit,
Ein Funke Mut, der nicht erlischt.

Die Melodie der Stille

Ryaan

Entspannende Kopfhörer
So laut wie die Wellen
Sind auch die Kopfhörer
Die Delfine singen
So wie die Musik in meinen Ohren

Die Welt ist stumm
Außer die Kopfhörer,
Nur die Musik
Sie bleibt und singt

Deborah Linden

Hilferuf der jungen Menschheit

Matej Babic

Fröhlich sitzend beieinander, jedermann schaukelt einstimmig dem Akkorde
Im Rausch und vernebelt schleicht im Dunklen die entsetzlichste Horde
Da plötzlich—Hilfe! Ruft die junge Seele
Doch schlichtweg Rufe des Übermuts ertönen aus der Kehle
Da!—Zum wiederholten Male—Hilf-verstummt der Schrei
Niemand, keine Menschensseele eilt herbei
Hil- bemüht sich der Verlorene
Des Reichen aber gefüllt die Ohrene
Hii-verzweifelt versucht sich zu befreien aus des Unglücks breiter Hand
Der Anblick bleibt eine Schand

Ein letztes Mal Hh-!

Doch es war zu spät, alle vergraben unter der eigenen Hand

Heimat ist kein

Ort.

Heimat ist ein

Gefühl.

Heimat ist kein Ort, sondern ein Gefühl

Annabelle Keiderling

In den Bergen hoch und weit,
Auf Safari, fern und breit,
Mit dem Wüstenschiff, stets bereit,
Meine Familie, meine Heimat, egal wie weit

Nicht nur Ort, sondern auch Emotion,
Die Liebe, eine Seelensillustration,
Heimat, mehr als nur ein Ziel,
Ein Band, das bindet, stark und viel

In jedem Lachen, jedem Blick,
Die Heimat lebt, ein fester Strick,
Zusammen stark, im Sturm, in jedem Augenblick,
In dieser Verbundenheit, mein großes Glück

Ode an die Musik

Matej Babic

Sie ist mächtig und herrscht über Gefühle
Sie sagt so viel, doch ohne Worte
Sie ist in jedem Herzen und friedlichem Orte
Ihr magischer Klang vertreibt das Kühle.

Sie bewahrt Emotionen und Gedanken
Sie ist der beste Freund der Seele
Sie holt auch oft Töne aus der Singkehle
Der Ein oder Andere gerät bei ihr ins Schwanken

Sie bringt Leben in den Leibe
Und Hoffnung in die Herzen
Manchmal fluten auch die Liebesschmerzen
Sie findet stets im Menschen eine Bleibe

Sie tritt auf mit verschiedensten Gesichtern
Mit jenen verändert sie des Menschen Laun
Für den einen hektisches Geläu, für den anderen weichster Saum
Sie geht Hand in Hand mit vielen Dichtern

Sie schafft es, seelische Wunden zu heilen
Sie ist ein Geist, den jeder spürt
Sie ist die Kraft, die den Härtesten rührt
Ja das ist sie, die Musik. Sie wird für immer weilen.

Sommerträume

Zayed, Ahmed, Pepe, Ysé

Die Sonne so warm und hell,
sogar die Zeit geht schnell.
Jeden Tag draußen in Freude,
Strände voll mit Leude.

Alles wie neu in Dubai,
jeder fühlt sich frei.
Deine Freunde überall,
na klar hat jeder nen Knall.

Langsam zum Ende,
einfach schon die Wende.
Tag nach Tag Sommer geht,
Winter steht.

123,
Sommer ist vorbei.
Die Dunkelheit hilft nicht herbei,
doch ein kleines Licht is mit dabei.

Freiheit

Coco und Aris

Ich rufe mit einem Schrei:
„Gleich bin ich endlich frei!"
Keine Pflichten keine Sorgen
Weg sind wir ab morgen

Dennoch werde ich vieles vermissen
Denn mein Tag war gefüllt mit Wissen
Mit meinen Freunden habe ich viel gelacht
Und mit ihnen viele schlaflose Nächte verbracht

Wenn nun der letzte Gong erklingt
Rennen alle heraus geschwind
Und ich rufe mit einem Schrei:
„Ferien, jetzt bin ich endlich frei!"

Freiheit.

Experimenteller Versuch einen poetischen Titel durch Künstliche Intelligenz zu verbildlichen.

Auf dem Feld

Thor Hansske

Auf dem Feld, die Sonne brennt so hell,
Wo jeder Schritt zählt, im Fußballspielgesell.
Die Fans, sie toben, ein Chor aus lauten Schreien,
Wenn Spieler über den Rasen eilig eilen.
Der Ball, er tanzt, ein Reigen voller Pracht,
Ein jeder Pass ein Schritt zur Siegesschlacht gemacht.
In diesem Spiel, wo Emotionen explodieren,
Wird jeder Augenblick zum Sieggeschrei geboren.
Die Taktik fein, ein Tanz auf dünnem Eis,
Wo Spieler kämpfen ohne Rast und Preis.
Ein jeder Zug, ein Meisterwerk entsteht,
Ein Spiel, das Herzen höher schlagen lässt, so spät.
Die Fans, sie jubeln, leben für ihr Team,
Ein jedes Tor ein Triumph, ein wahrer Traum.
Im Stadion, wo Leidenschaft erwacht,
Das ist Fußball, wo die Seele entfacht.

Planetenliebe

Nathalie Beising & Julie Lake

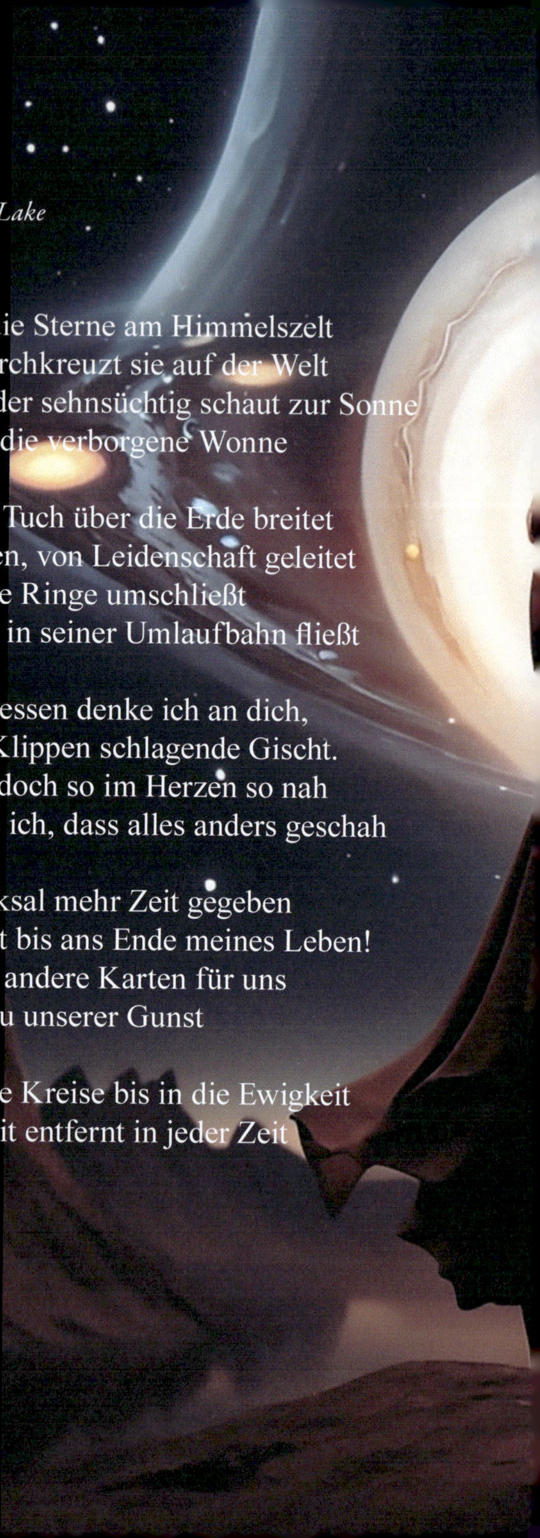

Unsere Liebe, wie die Sterne am Himmelszelt
Verbotene Pfade durchkreuzt sie auf der Welt
Gleich dem Mond, der sehnsüchtig schaut zur Sonne
So suchen wir stets die verborgene Wonne

Wenn die Nacht ihr Tuch über die Erde breitet
Treffen unsere Seelen, von Leidenschaft geleitet
Wie der Saturn seine Ringe umschließt
Und ihr Glühen fest in seiner Umlaufbahn fließt

Vor Sehnsucht zerfressen denke ich an dich,
Ich zerfalle wie an Klippen schlagende Gischt.
Du bist so fern und doch so im Herzen so nah
Manchmal wünsche ich, dass alles anders geschah

Hätte uns das Schicksal mehr Zeit gegeben
Ich hätte dich geliebt bis ans Ende meines Leben!
Doch das Leben hat andere Karten für uns
Und es spielt nicht zu unserer Gunst

So drehen wir unsere Kreise bis in die Ewigkeit
Nah und doch so weit entfernt in jeder Zeit

Experimenteller Versuch einen poetischen Titel durch Künstliche Intelligenz zu verbildlichen.

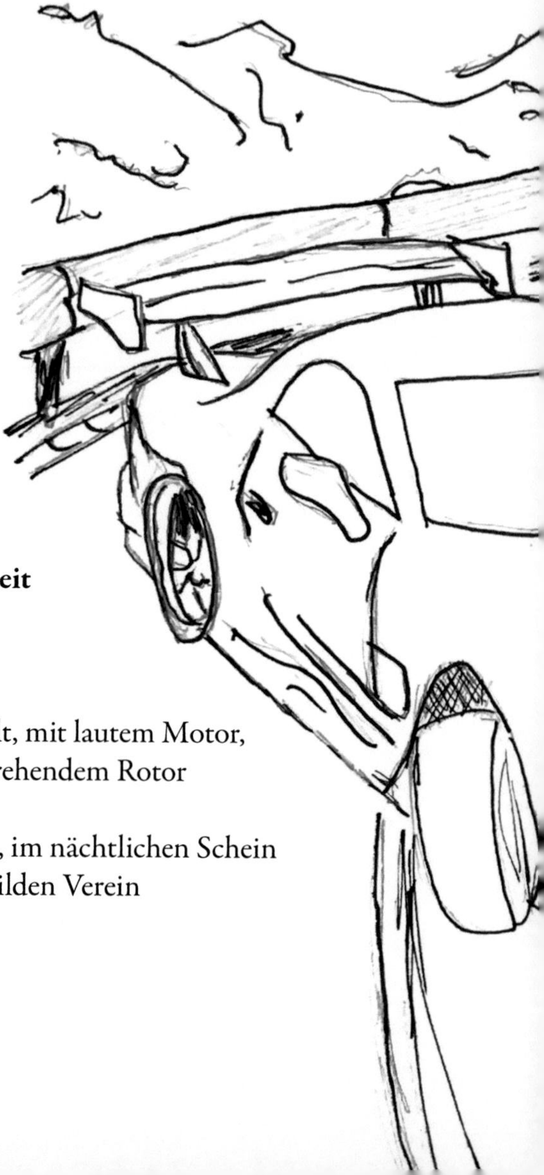

Autos in der Dunkelheit

Benjamin

Auf Straßen aus Asphalt, mit lautem Motor,
Rasen die Autos, mit drehendem Rotor

Auf glühenden Straßen, im nächtlichen Schein
driften die Autos, im wilden Verein

Vertretungsstunde

Petar Voloder

Überraschenderweise schreibe ich ein Gedicht.
Ich freute mich auf den spaßigen Sportunterricht, Aber hier bin ich jetzt gezwungen, etwas zu schreiben.
Fußball, Basketball, Volleyball.
Es gibt eine Menge Sachen, die ich lieber machen würde,
Aber hier bin ich jetzt gezwungen, etwas zu schreiben.
Ich habe nichts Wichtiges oder Spannendes zu erzählen.
Keine interessanten Themen oder Ereignisse,
Aber hier bin ich jetzt gezwungen etwas zu schreiben.
Man muss manchmal Sachen tun, die man über nicht tun würde, Aber ehrlich gesagt
Hat mir das Schreiben meiner Wahrheit
Tatsächlich ein bisschen Spaß gemacht.

Together for
Eternity
Will you...
SO VIELE JAHRE WAR ICH BANG

Ein Weg der sich lohnte

Annika Mehl

In deine Augen ich kann schaun
Träumen tue ich schon so lang
Nun endlich werde ich mich traun
So viele Jahre war ich bang
Vor vielen Jahren mein Blick dein Anlitz traf
In der Heimat und dem Schutz der Menge ich dich fand
Dort wurdest du meines Herzens Graf
Unsichtbar war es unser unzertrennliches Band
Dein Blick mich durch die Menge trägt
Weigern tat ich mich es zu vergessen
Dieser Moment der mein Herz geprägt
Von Gefühlen besessen
Mein Herz dich auf ewig finden wollte
Nach Jahren der Einsamkeit fand mich mein Glück
Doch deines nicht findens ich schmollte
Meines Herzens Blume du hast gepflückt
Jetzt ich hier vor dir steh
Deine Augen tief in meine Seele blicken
Ohne dich ich keinen Schritt mehr geh
Deine Augen mir die Herzen der Liebe schicken
Ein Stein an meiner Hand erstrahlt
Die Lippen die Ewigkeit besiegeln
Unsere Zukunft sich langsam aber stetig malt
Unsere Liebe einander spiegelt

Alles ist wichtig

Fares

Die Erde hat Land
Land hat Wälder
Wälder haben Bäume
Bäume haben Holz
Holz hat Energie

Ohne Energie würde die Erde nicht funktionieren
Im Leben verlässt sich alles auf etwas anderes
Im Leben ist alles für etwas anderes zuständig
Im Leben ist ALLES wichtig

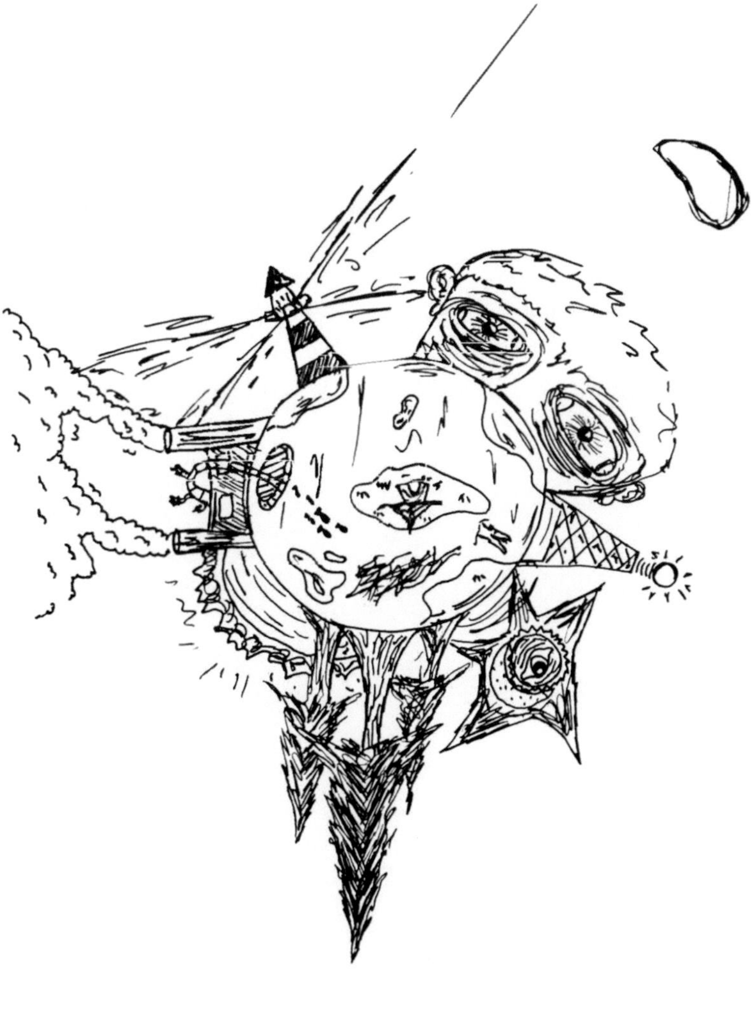

Doch kein Happy-End?

Emily Hanna

Als Kinder wurden uns Märchen erzählt, die von Prinzen und Prinzessinnen, Bällen, und der wahren Liebe handeln. Diese Geschichten haben immer zwei Sachen gemeinsam, zum einen gibt es immer ein
„glücklich bis ans Ende ihrer Tage", und zum anderen gibt es immer einen oder mehrere Bösewichte, die am Ende immer verlieren. Märchen wurden uns über hunderte von Jahren erzählt und weitergegeben, mit den Alter merkt man auch warum. Sie waren eine Warnung. Vor was? Der Welt. Der Realität in der wir leben. Die Hexe war eine Kannibalin, Hänsel und Gretel wurden im Wald ausgesetzt, und die böse Königin wollte Schneewittchen aus Neid töten. Der einzige Unterschied, der zwischen den Märchen und der Realität besteht ist, dass es nicht immer ein Happy-End geben kann.
Allerdings waren sie auch stets eine Lehre, immer an das Gute zu glauben und niemals aufzugeben. Wenn schon kein Prinz kommt um dich zu retten, dann steh verdammt nochmal auf und mach es selbst.

Chocola
I ♥
TETTNANG

Heiße Schokolade in Tettnang

Aya und Adrian

Tettnang.
Ich laufe durch die Stadt.
Kann ich mir beim Café wieder was kaufen?
Kann ich mir beim Café eine heiße Schokolade kaufen?
Kann ich mir eine heiße Schokolade kaufen und danach zum Spielplatz laufen?
Tettnang.
Ich laufe durch die Stadt.

Danksagung

Mein Lob und großer Dank geht an alle Schüler*innen und Lehrerinnen, die sich zusätzlich zum regulären Unterricht engagiert haben, sowie an das Marketing als Redaktion und vor allem an Herrn Boris Pfeiffer, der uns mit seinem Workshop den wichtigen Anreiz gegeben und die Schüler*innen motiviert hat, beim Poesieprojekt mitzumachen.

Danke an:

Mitwirkende Schüler*innen:
7. Sebastian Krampl
8a, Adrian Felix Feuring
8a, Aris Khaliel
8a, Aya Regaab
8a, Coral Feuring
8a, Daniel Linshalm
8a, David Kaiser
8a, Emilio Erkol
8a, Fatima Khan
8a, Grace Coco Byron
8a, Kenzy und Ahmed
8a, Liam Nasri
8a, Nojood Hammoud
8a, Nejma Hammoud
8a, Omar Khan
8a, Pepe Sievert
8a, Ysé Stevens
8a, Zayed Al-Amoudi
8c, Benjamin Sam
8c, Emily Hanna
8c, Jonas Kondruß
8c, Lasse Matt

8c, Maram Mahmoudi
8c, Ryaan Qidan
8c, Zaynab Said
9a, Alexander Sonnenberg
9a, Annabell Keiderling
9a, Matej Babic
9a, Thor Hansske
9b, Farid Elgharib
9b, Laiba Hussain
9b, Petar Voloder
9b, Sarah Noah
9c, Annika Menden
10b, Amina El Shafei
10b, Aylin Iman Sarikaya
10b, Ela Nur Sarikaya
10b, Madeleine Smiljanec
11a, Annika Mehl
11a, Nathalie Beising
11b, Julie Lake
12a, Deborah Viktoria Linden

Mitwirkende Lehrer*innen:
kunstpädagogische Betreuung: Dr. phil. Barbara Mayrhofer-Diaw
8a, Laura Manz und Frau Heike Prince-Smith,
8c, Viktoria Opetnik
9a, Jessica Keck
9b, Stefanie Kerschbaumer
9c, Sitem Kolburan
10b, Laura Manz
11a, Jessica Keck
11b, Zeljko Babic

Weitere Mitwirkende:
Corinna Rösner, Marketing Leitung

Michèle Meister / Boris Pfeiffer
Nicht aus Adams Rippe
Gravitationen 1 von 4

Die in Australien lebende Künstlerin Michèle Meister und der in Deutschland lebende Kinderbuchautor und Dichter Boris Pfeiffer legen nach ihrem Punk Band "Lockdown - ein C-movie" den ersten von vier Bänden ihres Werks aus Malerei und Gedicht der Jahre 1979 bis heute vor: "Nicht aus Adams Rippe".
In den Gedichten des ersten Bandes: Das Aufwachsen eines Jungen in Berlin, das Mannwerden, das Menschwerden, Liebe, Einsamkeit, Sehnsucht nach der verlorenen, weitentfernten Mutter, Begegnungen in der Großstadt, Streifzüge in die Generationen, Menschengestalten, Naturfetzen und urbane Details mit Liebe und Offenheit. In den Bildern in tiefer weiblicher Perspektive Traumschwere Visionen voller Zärtlichkeit und Härte, öffnende Hingebungen ans Leben, farbbeseelte Aufschreie, Geschenke der Empfängnis, Bildergeburten der eigenen Identität und der der anderen, bereit für das Entsetzen wie für die Liebe, bereit, uns mitfühlen zu lassen, uns frei zu lassen.

Broschiert
158 Seiten
ISBN 9783985301218

Michèle Meister / Boris Pfeiffer

LOCKDOWN – ein C-Movie

Showdown im Lockdown. Heulen, kämpfen, hell und düster denken, auf und ab im C-Leben in C-Zeiten als C-movie aus den Straßen Berlins und Melbournes. Was abgeht, wenn das Menschengeschlecht nicht mehr on top of the world ist, krasse Knastnummer, Krokodilstränen, freizischende Seelenrakete in den Himmel. Der erste Bild- und Gedichtband der in Australien arbeitenden und lebenden Malerin Michèle Meister und des Berliner Autors Boris Pfeiffer ist visuell und inhaltlich ein Werk von großer Kraft.

Taschenbuch
136 Seiten
ISBN 978-3985300020